농부가 한양에 갔다가
보름달을 닮은 거울을 사서 와요.
그런데 거울을 처음 본 농부 가족이
자신의 모습을 보고 깜짝 놀라네요.
거울이 자신을 비추는 물건이라는 것을
아무도 몰랐던 거예요.
농부 가족은 거울을 어떻게 할까요?

추천 감수_ 김병규
대구교육대학을 졸업하고 한국일보 신춘문예에 동화가, 중앙일보 신춘문예에 희곡이 당선되면서 작품 활동을 시작했습니다. 대한민국문학상, 소천아동문학상, 해강아동문학상 등을 수상했으며, 현재 소년한국일보 편집국장으로 재직 중입니다. 쓴 책으로 〈나무는 왜 겨울에 옷을 벗는가〉, 〈푸렁별에서 온 손님〉, 〈그림 속의 파란 단추〉 등이 있습니다.

추천 감수_ 배익천
경북 영양에서 태어났습니다. 1974년 한국일보 신춘문예에 동화가 당선되었고, 〈마음을 찍는 발자국〉, 〈눈사람의 휘파람〉, 〈냉이꽃〉, 〈은빛 날개의 가슴〉 등의 동화집을 펴냈습니다. 한국아동문학상, 대한민국문학상, 세종아동문학상 등을 받았으며, 현재 부산 MBC에서 발행하는 〈어린이문예〉 편집주간으로 일하고 있습니다.

글 _ 이윤서
대학에서 간호학과를 졸업한 후 간호사로 일하다가 다시 서울예술대학 문예창작과에서 문학을 공부했습니다. 대학 재학 중 '푸른문학상' 새로운 작가상과 '대산대학문학상' 동화부문에 당선되어 작가로 활동을 시작했으며, 작품으로 〈날 좀 내버려 둬〉, 〈우주 최강 문제아〉 (공저) 등이 있습니다.

그림 _ 조은애
그림책 작가들의 모임인 '구름사다리' 회원이며, 현재 일러스트레이터로 활동하고 있습니다. 어린이들에게 꿈과 사랑을 전할 수 있는 그림을 그리기 위해 노력하고 있습니다. 작품으로 〈방정환〉, 〈수돗물이 뚝〉, 〈이르기 대장 나최고〉 등이 있습니다.

말랑말랑 우리전래동화 46 웃음과 풍자

거울을 처음 본 사람들

발 행 인 박희철
발 행 처 한국헤밍웨이
출판등록 제406-2013-000056호
주 소 경기도 성남시 분당구 금곡동 444-148
대표전화 031-715-7722
팩 스 031-786-1100
편 집 이영혜, 이승희, 최부옥, 김지균, 송정호
디 자 인 조수진, 우지영, 성지현, 선우소연
사진제공 이미지클릭, 연합포토, 중앙포토

거울을 처음 본 사람들

글 이윤서 그림 조은애

어느 시골에 태어나 한 번도
한양에 못 가 본 농부가 있었어.
농부는 처음으로 한양 나들이를 가게 되었지.
전날 밤 농부는 가슴이 설레어 잠이 오지 않았어.
"여보, 한양 가면 무슨 물건을 사다 줄까?"
"참빗이요. 저 달처럼 생긴
참빗을 사다 주세요."
아내는 밤하늘에 떠 있는 반달을 가리켰지.

다음 날, 아내가 길 떠나는 남편에게 외쳤어.
"여보, 참빗을 꼭 사 와야 해요."
"하하, 걱정 마시구려."
농부는 큰소리를 쳤지만 걱정이 되었어.
그래서 잊어버리지 않으려고 가는 내내
중얼중얼 혼잣말을 했지.
"달! 달! 달처럼 생긴 것!"

달달달
~달
~달달
달
달~달
~달
달처럼
생긴것

한양에 간 농부는 여기저기 구경에 나섰어.
구경이 얼마나 재미났는지 날이 어느새
다람쥐 재주넘듯 호록호록 흘러 버렸지.
돌아갈 날이 되어서야 아내의 부탁이 떠올랐어.
"맞아. 무얼 사 오라고 했는데……."
농부가 고개를 갸웃갸웃, 눈동자를 빙그르르.
그래도 생각이 나지 않네.

농부는 문득 밤하늘을 올려다보았다가 무릎을 탁 쳤어.
'그래. 달! 달처럼 생긴 것!'
농부는 장터로 쪼르르 달려갔어.
"저 달처럼 생긴 물건을 주시오. 여인들이 쓰는 것 말이오."
그런데 반달은 오동통한 보름달이 되어 있었지.
장수는 보름달을 닮은 거울을 건네주었어.

농부는 집에 가자마자 아내에게
종이로 둘둘 싼 거울을 내밀었어.
"여보, 여기 달처럼 생긴 것을 사 왔소."
거울을 처음 본 아내는 화들짝 놀랐지.
그 속에 웬 여자가 자신을 쳐다보고 있었거든.
"어머, 당신은 누구요?
왜 나를 빤히 쳐다보는 거야?"

아내는 점점 더 화를 냈어.
“당신 우리 집에서 당장 나가!”
하지만 거울 속 여자는 꼼짝을 않네.
아내는 발을 구르며 펑펑 울기 시작했어.
“아이고, 이 양반이 한양에 가더니
젊은 각시를 얻어 왔네.”

"아니, 얘야. 무슨 일이냐?"
시어머니가 방으로 들어오며 물었어.
"아이고, 아범이 한양에 가더니
못생긴 젊은 각시를 얻어 왔어요."
아내는 훌쩍거리며 거울을 시어머니에게 넘겨주었지.
거울을 본 시어머니가 고개를 갸웃갸웃.
"에구머니나. 이게 누구야?
얘야, 젊은 각시가 아니라 쭈그렁 할망구구나!"

"할머니, 나도 좀 봐요."
엿을 입에 문 농부의 아들이
거울을 들여다보았지.
농부의 아들은 깜짝 놀라
입에서 엿을 떨어뜨렸어.
"앗! 내 엿!
엉엉, 저 애가 엿을 빼앗아 갔어."

"어허, 집이 왜 이리 시끄러운고?"
할아버지가 방 안을 기웃거리자,
농부의 아들이 거울을 가리켰어.
"앙앙! 할아버지, 쟤가 내 엿을 가져갔어요."

할아버지는 냉큼 거울을 보았지.

"아니, 심술궂게 생긴 영감아!
얼른 엿을 돌려주지 못해!"

그때 농부가 마당으로 들어왔어.

가족들의 이야기를 모두 듣고 난 농부가
거울을 쳐다보았어.
그런데 거울 속에는 젊은 각시도,
쭈그렁 할머니도, 엿을 문 아이도,
심술궂은 영감도 없었어.
웬 지저분한 남자가 자기를 노려보고 있었지.
"아니, 당신 누구요?
우리 집에는 무슨 일로 찾아온 거요?"

당신 누구야!

농부가 씩씩대며 소리쳤어.
"이렇게 저렇게 변하는 걸 보니 도깨비로군.
그 안에서 꼼짝 마.
원님에게 데려가서 혼쭐을 내 주마."
"그래요. 어서 관아로 갑시다!"
농부 가족은 부리나케 관아로 달려갔지.

이야기를 모두 들은 원님이 물었어.
"도깨비가 나타났다고?
그래, 그 도깨비가 어디 있다는 말이냐?"
농부가 거울을 꺼내어 원님에게 내밀었어.
"원님, 조심하십시오.
이놈은 자기 마음대로 변한답니다!"

"흠, 도깨비 구경 한번 해 볼까?"
원님도 거울을 들여다보고 화들짝 놀랐어.

"이 나쁜 도깨비야!
감히 내 옷을 입고 내 흉내를 내느냐?"
원님은 고래고래 소리치며
거울을 휙 던져 버렸어.
거울은 쨍그랑 깨지고 말았지.

거울 조각은 여기저기 흩어졌어.
농부 가족이 살금살금 다가가 쳐다보았어.
"우아, 도깨비가 사라졌다!"
"원님 만세! 원님이 도깨비를 물리쳤다!"

농부네 가족이 원님에게 고개 숙여 절을 했어.
"원님은 역시 훌륭하세요."
그제야 농부네 가족은 보름달처럼
환하게 웃으며 집으로 돌아갔단다.

거울을 처음 본 사람들 작품해설

〈거울을 처음 본 사람들〉은 제목 그대로 거울을 처음 본 시골 사람들이 벌이는 우스꽝스러운 이야기입니다. 〈명엽지해〉라는 책에 '부처송경설화' 라는 제목으로 기록되어 있는 이야기지요. 입에서 입으로 전해진 다양한 내용들이 전국에 퍼져 있기도 하고요.

옛날에 처음으로 한양 나들이를 하게 된 시골 농부가 아내의 부탁으로 거울을 사 왔습니다. 아내는 반달처럼 생긴 참빗을 사 달라고 했는데, 농부는 보름달로 변한 달을 보고 둥그런 거울을 사 온 것입니다.

그때부터 농부의 집에는 난리가 났습니다. 농부의 아내는 거울에 비친 자신의 모습을 보고 남편이 젊은 여자를 데려왔다며 펑펑 울었습니다. 시어머니는 젊은 여자가 아니라 쭈그렁 할망구라고 했고요. 엿을 먹고 있던 농부의 아들은 거울 속의 아이가 제 엿을 빼앗았다며 울고불고, 시아버지는 심술궂은 영감탱이에게 호통을 치고, 농부는 자신을 노려보는 남자에게 소리를 질렀습니다.

그렇게 변화무쌍한 모습을 보여 주는 거울을 보고 농부 가족은 아무래도 도깨비가 나타난 것 같다며 원님에게 찾아갔습니다. 그런데 원님도 거울을 보더니 새 원님이 부임해 왔다며 거울을 집어던졌습니다. 그러자 거울은 산산조각이 나고, 한순간에 낯선 사람들이 사라져 버렸습니다.

이 이야기는 세상과 단절된 생활이 얼마나 위험하고 어리석은지를 보여 주고 있습니다. 어리석은 사람들이 끼리끼리 모여 살면서 자신들이 어리석은 줄도 모르고 살아가는 모습이 참으로 우스꽝스럽습니다. 〈거울을 처음 본 사람들〉은 우리에게도 그런 모습이 없는지 주위를 돌아보도록 일러 주고 있습니다.

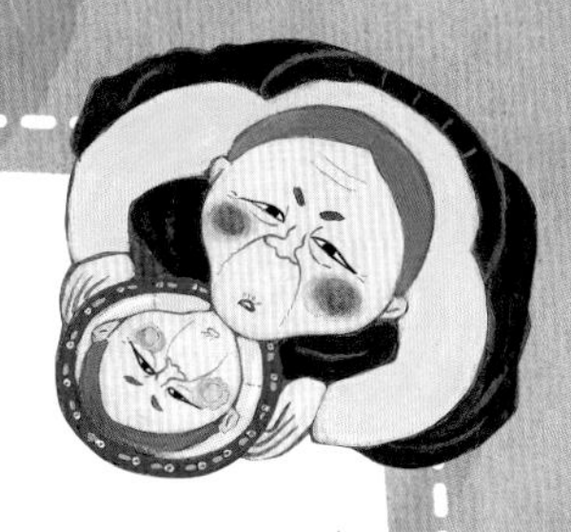

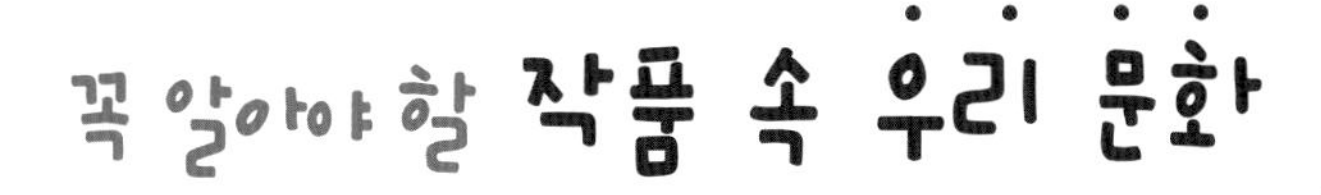

참빗

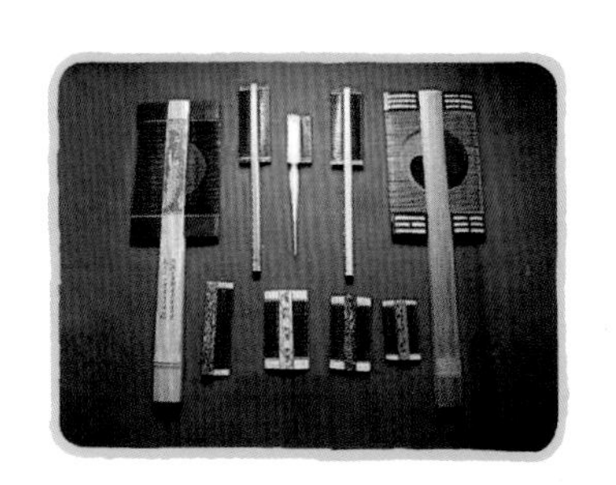

옛날 우리나라 사람들은 머리카락을 빗어 넘겼는데, 한 올 흐트러뜨리지 않았어요. 그런데 그렇게 하자면 가늘고 촘촘한 빗이 있어야 했어요. 그 용도로 나온 것이 바로 참빗이에요. 참빗은 머리카락의 때나 비듬 등을 없애는 데도 쓰였어요.

엿

엿은 곡식을 엿기름으로 삭혀서 만든 음식이에요. 종류로는 단단하게 굳힌 강엿과 물기가 많은 물엿이 있어요. 말랑한 엿에 볶은 콩, 잣, 호두, 볶은 참깨 등을 넣어 강정도 있고요. 마땅히 먹을 것이 없던 옛날에 좋은 간식거리였지요.

도깨비

옛날 사람들은 빗자루나 부지깽이, 짚신 등이 오래되면 혼이 깃든다고 생각했어요. 그 혼을 도깨비라고 해요. 도깨비는 길 가는 사람을 붙들고 씨름을 하거나, 소를 지붕에 올려놓는 등의 장난을 잘 친다고 해요. 좋아하는 것은 메밀묵, 막걸리, 이야기, 노래 등이고요.

말랑말랑 우리 문화 이야기

농부의 아내는 초승달을 보며 참빗을 갖게 해 달라고 빌어요. 우리 조상들은 예로부터 달을 친숙하면서도 신성한 존재로 여겼어요. 달에 대한 이야기를 살펴볼까요?

우리 민족과 달

우리 조상들은 달을 풍요롭고 신성한 존재로 여겼어요. 그래서 달을 바라보며 원하는 것이 이루어지길 바랐어요. 정월대보름과 추석에는 보름달을 보며 소원을 빌었답니다.

달님, 올해는 온 가족이 건강하게 해 주세요.

달맞이 놀이

우리 조상들은 보름달이 솟아오르는 것을 보면 운이 좋을 거라고 생각했어요. 그래서 횃불을 들고 앞을 다투어 마을 동산으로 올라가 달맞이를 하며 마음속에 있는 소원을 빌었어요.

저 달을 보렴. 월계수 나무 아래에서 떡방아를 찧고 있잖니.

엄마, 정말 달 속에 토끼가 살아요?

토끼야, 정말 달에 사니?

옛날 사람들은 보름달의 무늬를 보고 달에 월계수가 있고 토끼가 떡방아를 찧고 있다고 믿었어요. 그래서 조선 시대의 의장기에는 토끼가 그려져 있답니다.

연오랑과 세오녀는 해와 달

옛사람들은 태양을 남성으로 보았고, 달은 여성으로 보았어요. 삼국 시대에는 연오랑과 세오녀를 해와 달의 신으로 여겼어요. 두 사람이 바위에 실려 일본으로 건너가자 신라는 빛을 잃고, 다시 모셔 오기 위하여 애를 썼다고 해요.

정월 대보름날

우리 민족은 둥근 보름달이 어둠을 몰아내어 좋은 세상을 만들어 준다고 생각했어요. 정월 대보름날은 백성들이 다함께 달맞이, 달점, 달집태우기를 했어요.

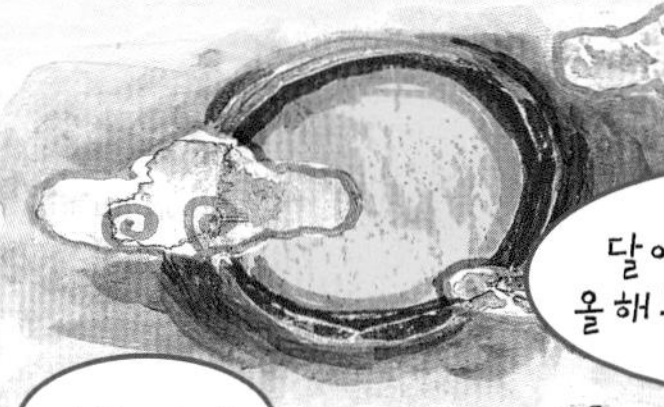

정월 대보름날에 보는 달점

정월 대보름날 떠오르는 달의 모양을 보고 그해의 농사를 점쳤어요. 달이 밝고 희면 풍년이 들고, 달이 북쪽으로 기울어져 뜨거나 빛깔이 붉으면 가뭄이 든다고 믿었어요.